ATHÉNÉE LITTÉRAIRE

UNE NUIT DE LA POLOGNE

LUGDUNUM, COMMUNE-AFFRANCHIE

POÉSIES

PAR L. FOURNIER

MEMBRE TITULAIRE DE L'ATHÉNÉE

LYON

IMPRIMERIE DE FÉLIX GIRARD

1869

ATHÉNÉE LITTÉRAIRE

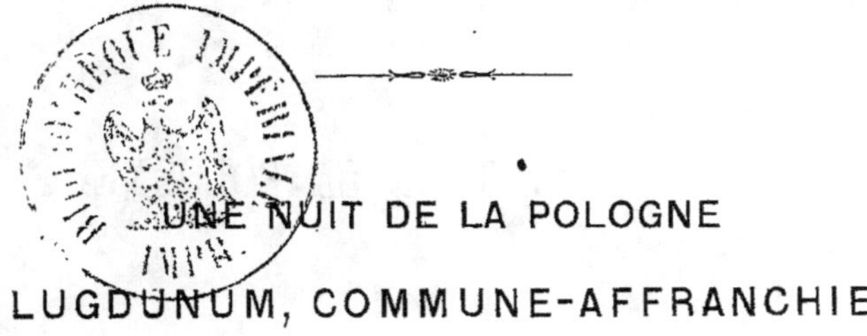

UNE NUIT DE LA POLOGNE

LUGDUNUM, COMMUNE-AFFRANCHIE

POÉSIES

PAR L. FOURNIER

MEMBRE TITULAIRE DE L'ATHÉNÉE

LYON

IMPRIMERIE DE FÉLIX GIRARD

Rue Saint-Dominique, 13

1869

I

UNE NUIT DE LA POLOGNE

C'est la nuit... Sur les bords de la Wartha captive,
La Pologne au tombeau, près de l'onde plaintive,
Dort son triste sommeil. « C'est pour l'éternité,
« Dit le Russe joyeux, que dort sa liberté!... »
— C'est pour l'éternité!... Tyran, qu'oses-tu dire?
Regarde!... Que crains-tu? Cé n'est qu'une martyre!...
Vois! la tombe s'entr'ouvre!... oui, la tombe où, d'un bras
Encore tout souillé par le sang des combats,
Tu poussas ta victime avec un cri de joie,
Un cri de noir vautour qui déchire sa proie!... —
La pierre se soulève... et la Pologne en deuil
Se dresse lentement... Son voile est un linceuil;
Son pied chancelle encor sous le poids de l'entrave,
Mais ce noble regard, il n'est pas d'une esclave!

Trop auguste beauté, quand d'un pénible effort
Sa bouche, refroidie aux baisers de la Mort,
Essaye un doux sourire aux lueurs de la vie,
Triste et pâle rayon sur la rose flétrie !...
Elle marche, laissant, pour la nuit, ce tombeau
Où, sanglante, un matin, l'étendit son bourreau ;
Car, ce soir, le vainqueur, oublieux de son crime,
N'a point mis de soldats auprès de la victime.
Elle est mère !... Elle veut contempler ses enfants !...
Elle est reine !... Elle veut, de ses pieds défaillants,
Aller revoir au moins la royale couronne
Qu'un lâche lui ravit quand un Dieu la lui donne !
Elle part... et le sol, qui reconnaît ses pas,
Se tait sous l'exilée et ne la trahit pas !...
Suivant des souvenirs de gloire évanouie,
La Pologne tourna les yeux vers Varsovie...
Elle entre... Quel serait, ô ville, ton réveil,
Si, toi-même écartant les voiles du sommeil,
Dans cette femme, hélas ! pliante sous la peine,
Mais t'accordant ses pleurs, tu retrouvais ta reine !...
Elle parcourt la rue... Un silence effrayant
Pèse sur la cité qui soupire en dormant.
Elle frappe au palais, à l'antique demeure
Où naguère les rois... Mais, hélas ! à cette heure !...
O deuil ! des cris de joie en cette ville en pleurs !
C'est le Russe !... Et tremblant sous le faix des douleurs,
Ramenant à son cœur le linceul de la tombe :
« On chante ici ma mort avant que je succombe ;
« Fuyons ! Allons parler aux cœurs des Polonais !
« Auprès de leurs vertus oublions ces forfaits ! »

Aux bords de la Vistule, et près de Varsovie,
Se dresse un vieux château, spectre privé de vie.
Ses hauts murs délabrés et leurs créneaux pendants,
Tout annonce le deuil. « Là pleurent mes enfants, »
Dit la Pologne. Elle entre, et ces vieilles murailles,
Secouant leurs lichens, manteau de funérailles,
Tressaillent, saluant cette exilée en deuil !
Invisible à tout autre, elle franchit le seuil ;
Bientôt elle pénètre en la salle des armes.
Un vieillard et sa fille, au milieu des alarmes,
Y veillent, seuls débris d'une illustre maison.
Le guerrier, le regard brillant d'émotion,
Ecoute un chant proscrit, un chant qui vous exile;
La Pologne s'arrête... Etonnée, immobile,
Elle admire l'ardeur de cette douce voix
Qui console un vieillard et s'anime parfois :

« Là-bas, près des remparts de notre Kracovie,
« La Vistule aux flots purs coule, belle assoupie.
« Les Polonais en foule y vont porter leurs pas :
« Tous vont avec leurs faulx, tous ne reviennent pas !
        « Car, bravant la distance,
        « Les Tartars, les Tartars maudits
        « Volent les percer de leur lance
        « Avec leur épouse et leurs fils !
« Sœur Olga, sœur Olga, ce n'est point le Tartare :
« C'est le Russe maudit, c'est le Russe barbare !

« Il a, de son talon,

« Frappé ma mère au front !

« Oui, sœur Olga, ma mère !

« Venez, mes frères les Faucheurs :

« Le sang fait pousser les vengeurs,

« Comme l'eau les fleurs de la terre ! » (1)

Et la vierge, surprise à ces nouveaux accents
Que le patriotisme arrachait tout vibrants
D'un saint enthousiasme à sa poitrine émue,
Suspendit son refrain. Le vieillard, à sa vue,
Semble se ranimer de l'ardeur des combats
Et chercher une épée arrachée à son bras :
« O Pologne, Pologne ! » Et sa voix affaiblie
Répète ces deux mots, et d'une main meurtrie
Il essuie une larme. Et ces pleurs de l'exil
Etaient les premiers pleurs dont fut mouillé son cil.
Tout à coup une voix vint troubler le silence
Et tout haut murmurer ce beau mot : « Espérance ! »
Et soudain l'étendard, penché vers le parvis,
Vit d'un souffle inconnu frémir ses longs replis.
Pour la seconde fois, tous ces vieux murs tremblèrent ;
Les armes en faisceaux longuement s'agitèrent,
Et les aïeux, gardiens de l'antique manoir,
Dans leurs cottes d'acier endormis sans espoir,
Retrouvant leur valeur dans le repos frappée,
De leurs bras tout poudreux brandirent leur épée !

(1) *La Krakoviak*, chant de danse polonaise traduit.

Puis le sombre manoir devint silencieux :
Pour longtemps la Pologne avait fait ses adieux.

Elle est loin... Elle va sondant la solitude,
Abandonnant ses pas à son inquiétude.
Elle avance... A travers les ombres de la nuit,
Dans le lointain obscur une lumière luit...
Elle hâte ses pas... La porte est entr'ouverte...
Elle entre... Oh ! quelle vue à ses yeux est offerte !
Un paysan est là, sous la faible lueur
D'un avare flambeau... Qu'est-il ?... C'est un Faucheur !...
Que fait-il donc ?... Il veille... Oh ! oui, sous la chaumière
Comme dans le château, l'on prie et l'on espère !...
La Pologne s'assied auprès de l'âtre éteint,
Et comprime un élan de bonheur qui l'étreint...
Lui,... le Faucheur, courbé sur une lourde pierre,
Aiguise lentement la faulx de son vieux père.
Lentement... car parfois il s'arrête... Et sa faulx,
Qui de Russes sanglants a jonché les coteaux,
Il la soulève !... Et puis, sur le tranchant qui brille
Plus pur que le collier d'or d'une jeune fille,
Il se plaît à compter avec un doigt tremblant
La trace qu'y grava chaque goutte de sang !...
Et puis il recommence... Et pendant que la pierre
Fait crier l'instrument sous la pauvre chaumière,
Il murmure un refrain... Dans les bois, ce refrain
Jadis faisait trembler le Russe ému soudain !
Et de sa lèvre, à peine alors cicatrisée,
Sa voix se ranimait de la gloire passée !...
La Pologne, aux élans dont bat son cœur royal,

Reconnaît le refrain du chant national.
Et quand le vieux Faucheur, murmurant de sa bouche
Encor les derniers sons, vint regagner sa couche,
Alors, pour le bénir, elle étendit les bras,
Et sortit... Et déjà bien loin erraient ses pas...

Elle marche... Où va-t-elle ?... Ah ! d'un pied qui succombe ;
Car la nuit va s'enfuir, elle cherche sa tombe.
La voilà... Frissonnante, à genoux sur le bord,
Près de s'abandonner dans les bras de la Mort,
Elevant vers le ciel ses mains dont une chaîne
Meurtrissait la faiblesse, elle dit, triste reine :
« O Seigneur ! ô Seigneur ! qu'ai-je vu cette nuit ?
« Par le Russe chacun de mes enfants proscrit !
« J'ai vu mon étendard et les croix abattues,
« Cadavres outragés, déshonorer les rues !
« Est-ce donc sans retour que triomphe le knout ?
« Que mon front, labouré par le fouet du Kalmouk,
« A vu se détacher le bandeau de l'empire ;
« Pour ceindre la couronne, hélas ! d'un long martyre ?
« Que mon aigle surpris, lié par un Tartar,
« Veut se débattre aux pieds de l'aigle de leur Tzar ?
« Et que le sourd galop des Cosaques d'Ukraine
« Frappe seul les sillons ravagés de ma plaine ?...
« Est-ce fini, Seigneur et dois-je enfin mourir ?
« Mes yeux se tournent-ils en vain vers l'avenir ?
« Mon trône désormais, n'est-ce donc qu'une tombe ?
« Mon espoir, un désir sous lequel je succombe ?...
« Mais que dis-je ?... Oh ! pardon, pardon pour moi, Seigneur !

« C'est que mon cœur se brise aujourd'hui de douleur.
« Mais ne l'as-tu pas dit? Je vivrai!... Ta parole
« Ranime encor mes fils alors que l'on m'immole!
« Et quand ils ont l'espoir, pourquoi désespérer?
« L'on me couche au tombeau, tu peux m'en retirer!
« Non, tout n'est pas perdu, même après leur victoire :
« Ils m'ont pris le bonheur, mais j'ai gardé la gloire!
« Oui, je crois à mon droit, à mon droit méprisé ;
« Et le flot qui m'étouffe enfin aura passé!...
« O Dieu! si de mon lait la source s'est tarie,
« A mes enfants tiens lieu de mère et de patrie!
« Dis-leur que, m'éveillant, je dois venir un jour,
« Plus belle après mes maux, sourire à leur amour ;
« Qu'ils gardent dans leurs cœurs ma mémoire adorée,
« Et que je suis vaincue et non déshonorée!...
« Oui, j'espère, Seigneur, j'espérerai toujours
« Dans l'espoir assuré de ton divin secours.
« Je vais me rendormir... pour des siècles peut-être!...
« Mais tu me l'as promis, Seigneur, il doit paraître
« Ce jour où la justice en tes puissantes mains
« Remettra le tonnerre et les foudres soudains ;
« A leur sinistre éclat fuira le Moscovite :
« Ainsi délivras-tu jadis l'Israélite.
« La France qui m'oublie, au loin, dans le bonheur,
« Enfin se souviendra qu'ici pleure une sœur,
« Et lui tendra la main. Oh! alors, quand toi-même
« Tu viendras à mon front rendre le diadème,
« Quand ta voix sur ma tombe, où je t'implorerai,
« Crîra : « Réveille-toi! » — moi, je me lèverai!... »

. . . .

Silence!... Elle s'endort au fond du tombeau sombre...
Silence!... L'aigle noir veille tout seul dans l'ombre...
Un jour peut-être, un jour, dans un vol radieux,
Son cri dira, vibrant d'ici-bas jusqu'aux cieux,
Qu'il voit du vieux cercueil enfin surgir une ombre!...

LOUIS FOURNIER.

Lu en séance publique de l'Athénée,
fête du T. R. P. Prieur,
le 24 juin 1869.

II

LUGDUNUM, COMMUNE-AFFRANCHIE

Oh ! dors-tu pour toujours, vieille cité romaine ?
Le souffle des vivants ne soulève qu'à peine
Ton beau sein tout sanglant par des lâches meurtri.
Ton front défiguré, le verras-tu guéri ?

Lyon, quel est ton sort ? Tu gis silencieuse,
Tes pieds froids enfoncés dans ton onde brumeuse.
Mais tes fleuves n'ont point détruit tes murs croulants ;
Ils n'ont pas sur ton sein osé passer grondants
Pour s'enfuir, effrayés d'avoir troublé ta vie.
Tu n'as pas vu non plus un immense incendie
Pour t'étreindre en ses bras accourir vers ce lieu,
Déposer sur ton front mille baisers de feu.

Réponds : quel est ton sort, vieille cité des Gaules?
Pourquoi te dépouiller de tes mâles atours,
Des longs voiles flottant sur tes blanches épaules?
Sourde aux cris de tes fils, pourquoi dormir toujours?
Tu ne t'éveilles point, Lyon, cité cruelle!
Et tu n'as pas pitié de la plainte éternelle
Du flot qui bat pleurant tes murs silencieux.
As-tu courbé ton front sous la foudre des cieux?

Oh! dors-tu pour toujours, vieille cité romaine?
Le souffle des vivants ne soulève qu'à peine
Ton beau sein tout sanglant par des lâches meurtri.
Ton front défiguré, le verras-tu guéri?

Ah! par tes frères seuls tu vis flétrir ta vie;
Ta royauté, sans honte, oh! ils te l'ont ravie!
C'est que tu parus grande, et puis toute grandeur,
Ecrasant leur bassesse, excitait leur fureur;
C'est qu'au sein des forfaits tu demeuras fidèle;
C'est que tu dédaignas leur offre criminelle;
C'est que, de l'échafaud, le long cri de ton roi,
A travers le tumulte, est venu jusqu'à toi;
Qu'enfin tu tressaillis jusqu'au fond de ton onde
A l'appel expirant des fils de la Gironde.
Alors tu fis briller le glaive dans ta main;
Sur ta lèvre un défi vint retentir soudain.
Hélas! tu fus déçue en ton noble courage,
Et ne pus résister aux assauts de l'orage.
Du haut de la montagne, en face du danger,

Ah ! la Reine du ciel ne put te protéger :
Le soldat se pressait au pied de ta muraille,
Le canon sur ton sein vomissait la mitraille.
Tu chancelas enfin : fatigué du combat,
Ton bras, de désespoir, sans force retomba.
A l'ombre du rocher, des tours de Pierre-Scize,
L'on te vit dans le sang, pâle et muette, assise,
Et tu gis aujourd'hui, te courbant sous les coups.
Aux mains d'un ennemi, de ta beauté jaloux,
Ta chevelure d'or se souille de poussière,
Et ton char de victoire est couché dans l'ornière.

Oh ! dors-tu pour toujours, vieille cité romaine?
Le souffle des vivants ne soulève qu'à peine
Ton beau sein tout sanglant par des lâches meurtri.
Ton front défiguré, le verras-tu guéri?

Devant tes ennemis tu n'as pu trouver grâce :
Ta beauté chaque jour dans les larmes s'efface ;
Car tu vis tes enfants, ravis à ton amour,
Sous les eaux, sous le fer expirer chaque jour.
Oui, chaque jour tu vis, l'insulte sur la lèvre,
Comme si dans son cœur du mal brûlait la fièvre,
Passer un histrion, un vil Collot-d'Herbois,
Dont jadis tu daignas siffler l'impure voix :
Tu le vis du marteau frapper à chaque porte,
Et désigner aux coups d'une ignoble cohorte,
Avide des lambeaux de tous tes ornements,
Désigner sans remords tes plus beaux monuments.

Tu fus traitée ainsi qu'une trop faible femme
Qui, sans un défenseur, voit, la douleur dans l'âme,
Un lâche, un insolent lui ravir ses joyaux...
Mais tu n'imploras pas le pardon des bourreaux !...

Oh ! dors-tu pour toujours, vieille cité romaine?
Le souffle des vivants ne soulève qu'à peine
Ton beau sein tout sanglant par des lâches meurtri.
Ton front défiguré, le verras-tu guéri?

Ce n'était pas assez ; et, sous le drapeau rouge,
De ton enceinte immense ils en ont fait un bouge,
Bouge d'assassinats, bouge de ces festins
Où des crimes sans nom confondaient leurs destins ;
Où le vin et le sang, au gré des courtisanes,
Mêlaient leurs flots rougis dans leurs coupes profanes ;
Où tous voulaient tuer ce nom si glorieux
Qui d'un noble passé réfléchissait les feux ;
Où, te chargeant de fers et t'enlevant la vie,
Ils t'ont donné le nom de *Commune-Affranchie ;*
Où, lassés de forfaits, désireux d'en finir,
Pour flétrir ton courage aux yeux de l'avenir,
Ils voulurent raser tes places et tes rues,
Voulurent, ces tyrans! que le soc des charrues,
Sans pitié, dispersât jusqu'à tes fondements,
Pour les laisser épars comme des ossements...
Que seul le vent d'hiver, gémissant dans tes saules,
Vînt pleurer sur ton sort, vieille cité des Gaules!
Qu'au sein de ton désert, sur un long marbre noir,

Le voyageur distrait lût ces mots sans espoir :
« Passant, ci-gît Lyon. En sa fureur inique,
« Lyon osa lutter contre la République,
« Et pour son attentat, passant, *Lyon n'est plus !...* »
Voilà les seuls honneurs, Lyon, que tu reçus !...

Oh ! dors-tu pour toujours, vieille cité romaine ?
Le souffle des vivants ne soulève qu'à peine
Ton beau sein tout sanglant par des lâches meurtri.
Ton front défiguré, le verras-tu guéri ?

Quand tu pleurais ainsi, de blessures couverte,
Qu'on te menait tremblante à la tombe entr'ouverte,
Oh ! que tu portais bien ce nom de Lugdunum
Qu'un jour ton fondateur grava sur ton Forum !
Cherchant à repousser de ta ruine en cendre
Le silence des morts, sur toi près de descendre,
Tu fus bien, ô Lyon, la Colline du Deuil !
Tu n'avais qu'un repos, le repos du cercueil !...
Eh bien ! ils ont menti, ceux-là qui, sur ta pierre,
Ont dit que tu dormais pour toujours sous la terre.
Ceux qui t'avaient dicté cet arrêt infamant
Se sont bientôt couchés dans la boue et le sang.
Alors, quand se mourait leur sainte République,
Sur ses débris parut, comme un héros antique,
Le soldat-souverain monté sur le pavois.
Il te vit étendue, il entendit ta voix ;
Des larmes sur ta joue il essuya la trace.

Guerrier au cœur de bronze, il admira ta grâce,
Et de sa main de fer il te prêta secours ;
Il te rendit ton voile et tes mâles atours,
Te mit un anneau d'or, comme au doigt d'une épouse,
Et tu parus plus belle à la France jalouse.

Non, non ! tu ne dors plus, vieille cité romaine !
Le souffle des vivants ne se contient qu'à peine
Dans ton beau sein jadis par des lâches meurtri,
Et ton front rayonnant s'est redressé guéri !...

LOUIS FOURNIER.

Séance publique de la Saint-Thomas.
    18 juillet 1869.